歌集

駒街道

古舘千代志

砂子屋書房

駒街道＊目次

Ⅰ

装本・倉本　修

歌集

駒街道

I

人と馬

夕日背に客を運べるトロッコ馬車とんぼに追われひた走りくる

戯れに裸馬に跨《またが》りたて髪にしがみつきたる彼の日の冷汗

わがまちは馬とのえにし深まりて明治十八年軍馬補充支部となる

カイゼル髭たてたる遊佐支部長　拍車は小刻みスペイン歩調

厩より首伸ぶる馬鼻面《はなづら》を撫ずれば隣の馬も鼻面を出す

蹄鉄の真赤に灼ける型どりを馬おとなしく足裏《あうら》を任す

見はるかすレッドクローバ花盛り赤じゅうたんを若駒《こま》かけ廻る

馬放平に親仔寄り添い草を食むまつわる蚋《ぶよ》を尾に打ちながら

競り市に七千頭を上場し門前町のごと夜店のならぶ

ゆかた着て親子つれ添う産馬通りおでん・綿あめ・射的屋の音

泣き笑いの稚児をのせゆく野の馬は花柄つけてゆるゆる進む

北の駒さがしてはるばる三本木の競り市に馬商らまなこ光らす

売られゆく朝に族《うから》ら見送れば馬は涙し手綱を拒む

手塩かけて育てし栗毛せり市に高値つけらる軍馬の御用

酔いつぶれ馬車に横たわる飼い主を夜道迷わず還りし栗毛

苗代田に冷たさこらえ梶とれば馬は嘶き向きを返せり

軍馬厩の深き湧井《わくい》にからからと桶を垂らせば光を返す

北の牧の名馬磨墨《するすみ》・生月《いけづき》もときの流れに消えてはかなし

馬の背にはじらう花嫁鞍《くら》おきて鈴鳴らしつつ嫁げる昭和

戦場に尻たたかれて弾丸《たま》運び幾万の駒ら征きて還らず

馬征きて一頭だにも還らざる鎮魂の碑に花ふぶき舞う

冬の花火

行く歳の詠唱《アリア》ときかん百八発の冬の花火を見おさめとして

奥入瀬に百八発の花火揚ぐ　不景気打ち払う和太鼓の音

正月の切田神楽か橋越えて門づけ太鼓の響《とよ》むふる里

寒の月冴ゆれば「南部の凍《しみ》豆腐」かん高き音立つる出来ばえ

水涸れてあらわになりし四和ダムの湖底にたつきの切り株のあと

稲生川

滔滔と流るる稲生川七万の命つながむ街は潤ふ

湖落つる水を命にみ祖らは安政の代に掘りし穴堰

穴堰を遠くぐりて水清し稲生川となりて稲田実れる

藩の財政再建の命受けて起つ「傳《つとう》」翁斧入れたるは六十三歳

天狗山うがちし隧道難工事岩あな削りし鑿《のみ》の傷跡

傳翁の片腕たりし吉助は義烈のはたらき墓石に刻まる

傳翁拓きし沃野五千三百町みはるかす稲田はいま黄の海ぞ

五千円札のモデルとなりし稲造の祖父と子の汗になるこの川

万年青

雪降らぬ新春の朝蒼穹《そうきゅう》をひきしむるごと鳶は舞うなり

水の音と若葉の匂い溶け合いて大気やわらかし湖の渚に

宇治の茶が届きたる朝茶をたてて独り静かに心なごむも

就活の孫は片道切符に発ちてゆく都会めざしてこの早朝に

弥生きて男孫の成婚わが叙勲重なりたるを妻とよろこぶ

移り来て共に住めよと誘いくれし一言胸に子の新居辞す

いくばくの止まずに落つる砂時計われに残生追いかけてくる

労りのひと言胸にひびき来て押し花となる心のうちに

窓際に妻の育てし一鉢の万年青《おもと》ささやく新芽かかげて

身は凛《さむ》く百寿の山に登りきて父踏破せる山　雲の彼方に

（百二歳没）

月の石

高度成長はじけ出す大阪万博　カラフルな万国旗《はた》夏空高く

巨大なる「太陽の塔」目玉となりてずらり建ち並ぶ展示館《パビリオン》

炎天下あせ垂り並ぶ人の列　異国語とび交うアメリカ館に

一途なる憧れやまず遥かなる宇宙原初の幻の石

人類の初の月面着陸「アポロ11号」一塊《くれ》の石に心ときめく

三時間待ちて入りゆくたまゆらは心たかぶる少年となる

パンドラの箱に謎めく月の石触れなんとせる指は畏《おそ》るる

ガラスケースに眠れる石を覚ますがに「押すな、押すな」と叫ぶ大声

月の石ま近に見たるたまゆらは宇宙人《そらびと》となりてわが魂は翔ぶ

めまぐるしき世

高処より見さくる田茂木野霧晴れて学徒動員に斧ふりし日は

たかむらの開墾《あらき》ひた打ちし青春はこの野に潜む遥けき憶い

コスモスは雪に斃れし兵士らを弔うごとくあえかに揺らぐ

野仏のみどり児抱く苔むして何を語るやほほえますがに

めまぐるしき今の世生きん行動力　考働力と訳せる企業あり

知らぬ間にわれを呑みたる端末機未知の会社よりカタログ届く

林　檎

たわわなる枝より林檎捥《も》ぎとりてがぶりと食《は》めば青年となる

たまさかに訪えば日焼けの友の畑枝よりもぎ採る「星の金貨」を

朝市にもぎたて林檎は香をたてり嫗の笑顔にまた二つ買う

今日ひと日リンゴ一個で医者要らず薬のむよりこの実を食まな

免疫学の研究データ見直さる癌予防するリンゴペクチン

朝食のリンゴサラダは美味なると孫は老婆を褒めて作らす

ひと夜さの雨にのびたる庭の草したたかな性《さが》これぞ雑草《あらくさ》

妻の急死

永訣の刻《とき》はふれなくおそい来てわれを哭《な》かしむ変り果つる妻

妻の急死まず告げくるるナースの信じ難き一言わが胸を刺す

昨日まで変わりなきさま見届けて「明日また来るよ」が最後となりぬ

わが妻よいまはの刻に遭いもせで何に急かさるる一言もなく

亡骸に終の粧《けはい》を紅ひきて胸に掌を組ます童女のねむり

妻を焼く火屋の扉は閉ざされぬ　八十路のわれは如何で生きなん

妻逝きて生活のリズムみな変わり馴れぬ厨にとまどうわれは

花を愛《め》で花に生かされし八十年おのれ浄めて逝きしか妻よ

温かく真白に咲けるシクラメン師の賜《た》びし花　幾夜を照らす

（師・橋本喜典）

齢とともに寒がりになるわがためにベスト一枚編みくれしもの

子のために編みしピアノノカバー色あせたれど思い出にじむ

ひもじかる戦後のたつき忘れ得ぬ子育て夢中の梅林の里

貧しかりし戦後のたつき耐え生きし妻よ有難う金婚の盃

残されし生きゆく命いつまでぞ日暮れて彼方天のさそり座

さみどりの風

春を告ぐる閑古鳥の声澄わたり早苗田ゆらす透きゆく風に

風誘うさみどり萌えて奥入瀬は春もみじして汝が瞳染む

冬囲い解けば蛙のなよなよと春の光にまどろみて立つ

初蝶の一つが高くひかりつつ挑むがごとく大滝を越ゆ

若者の心くすぐる出合い橋　渡れば涼し頬撫ずる春風《かぜ》

夏休み孫ら寄り来てこの月はわが家の食事さだまりがたし

若きらの夢

春雨に木の芽囁《ささや》く声かすか　まなこ閉ずれば開く桜《はな》あり

さくら咲きこの明るさを知る朝は暗き言葉にわれはなじまず

さわらびの乙女の像に春陽光《て》り胸ふくらます桜の並木

カリヨンの刻告《とき》ぐる調べ風にのり巷にひろごる五月の朝《あした》

残雪を根かたに貯めて芽ぶく橅うちなる力に森たちあがる

歳ごとに身を縮めゆく八甲田山書斎の窓に家建てこみて

稲造杯を賭けて若きら夢語る老いをいたわるわが未来都市

朝光《あさかげ》に歌碑映えならぶ駒街道　人ら寄りきて句を諳んじる

たましいの象《かたち》なすがに並ぶ歌碑　歌友ら今朝も拭きて浄める

衛星より母校の子らと語り合ふ　天女の声に夢あふれくる

まひる野の花

開拓の土は香ぐわしわが市《まち》にまひる野一輪花をかざせり

青森の土に一粒のたね蒔きし章一郎師のうたに励まされ来し

「定型の土俵おなじくはげみなむ古歌の心と技といま生く」（まひる野　窪田章一郎）

短歌《うた》を愛し人間愛を貫きし師のうたごころ説く大下一真

結ばれし歌の絆は輪となりて十和田の市にしかと根を張る

拓かれた街に薫れる「まひる野」のうた人こぞりて祝う創刊

雪解水《ゆきしろ》のあふるる奥入瀬音たてて光に満つる阿修羅の水は

夕潮のいま満つるらしひたひたと奥入瀬河口の葦はさゆらぐ

全国大会青森十和田（平成24年）

奥入瀬の瀬音きこゆる会場にこんにちはと弾みあう声

東北は八戸・仙台それに次ぐ曾て空穂も訪《と》ひし十和田湖

会場は奥入瀬渓流ホテル　瀬音ききつつ眠れるリゾート

大会のテーマは「個を詠む視点」にてパネラーたちの討論深まる

噴水を背にして語る篠先生「いのちの凝視」耳たてて聴く

淡々とマイクに通る茂吉翁と空穂のうたは琴線に触れくる

大震災を詠みたる歌が高得点　よき歌多《さわ》なり評は長びく

会場の横断幕も花も標示も一手ひとつの皆の手づくり

静かにも流るバックミュージック湖畔の乙女は何をか語る

奥入瀬と蔦川出合う橋の上透きゆく風に飛ぶ赤蜻蛉《あきつ》

初めての乗馬体験こわかったけど楽しかったと応うるおみなら

落ちついた雰囲気のなか充実したる大会なりしと総括の声

「野外文芸館」とふ短歌俳句・川柳彫むアートプロムナード案《あ》内す

大会の成功よろこぶ声きこゆ裏方となりて人の和悟る

八戸駅に睦みて送るしばらくはわが生涯のひとこまとなる

かりがね

大寒に白鳥らが待ちわびるとぞ七十路健気に今朝も出でゆく

漲れる朝の静寂破るがに「来《こ》お」「来お」と呼べばさわだちて寄る

パン屑を撒けば忽ち水しぶきかりがね競う川霧の朝

シベリヤより来し白鳥ら三日三晩ひたすら眠りやがて餌を欲る

冬虹の下に群なすかりがねの飛翔の日夢みて氷結に耐うる

尽きぬ愛しみ

万緑のなかに花ばな咲き競い季《とき》はかすかに秋の匂いす

夕映えに穂すすき揺らし犬と往く万歩計に励まされながら

いくたびも橋流されし山峡の子ら通学の百年誌編む

過疎すすむ母校消えゆく運命《さだめ》かも尽きぬ愛《かな》しみ石碑に刻む

もの言わず季にはなやぐ古桜は廃校跡地にことしも咲けり

ほとばしる生命の精よ蕗刈れば一瞬ふき出ずる水は茎より

山深く名花のひとつリンネ草肌色の小花がうつむいて咲く

小屋こわす隅に石うす眠りいて触れなばたつきの汗の偲ばる

驟雨《あめ》やみて町を跨げる虹の橋　新幹線の夢もかかれり

虹の橋

サングラス外せばまばゆし湖《うみ》の碧ほほなずる風に若さの返る

雪原を駆けゆく馬橇《そり》の鈴遠く少年期の思いわきくるゆうべ

耳の奥に地虫鳴くごと音のして雪は静かに語り部となる

神様の指輪が映るまひる間の暗くなりゆく見あげる宙《そら》に

刻々とひかり消えゆくたまゆらは原初へと戻る錯覚をする

鉄筆を忘れて久しき指に打つパソコンの文字の不馴れな変換

ど忘れの漢字たまゆら羽根つけて夜々をはばたく夢のうつつに

さわらびの拳もたぐる牧原に新幹線駅ぬっと現る

駒型の新駅またげる虹の橋　ひそかな希望わきくる朝

邂逅を喜ぶ

幾年をこの地に根づくやわが庭に枳殻《からたち》の白花百年の極み

つゆふふむ紫陽花の藍みずみずと花の魂冴えて鎮まる

濃緑の夜光杯に満たさんかわが手造りの山葡萄の酒

邂逅《かいこう》を喜びあいて杯あげん教え子名誉教授となれる佳き日に

雛まもるちごはやぶさの宙返りからすと闘うおそれず対う

朝市の「まける日」は混み頬かむりの媼の草餅はや売り切れか

朝ごとに水槽のぞくわが影を確かむるごと金魚寄りくる

初給料いただきましたと男孫来て仏壇に供う後ろ姿頼母し

送り火

人恋うる若かるいのち疾く逝ける妹の形見の風鈴の音

送り火の炎にゆるぐ想念の像さまざまにわれを悩ます

おのずから寂しきものか風鈴の幽かな風を呼びてまた鳴る

押し花は芥子の花びら色褪せてハイネの詩集にひそと眠れり

疾く逝きし妹のいのちも生き継がん胸に秘めもつ彼岸花咲く

すでにして妹の忌もはや五十年　はるかな記憶また新なり

夏を呼ぶ十和田紫しろじろと小さき花弁はもの言うごとく

むらさき染め湖の藍色に布染めてたつき支えし父祖は継ぎけん

三内丸山遺跡

遥けくも古代エジプトと同時代　巨大都市ありし三内丸山に

数千年ねむれる埴輪目を覚ましロマン語るがに開くおちょぼ口

天空《そら》あおぎ神にとどけと遺跡より出でし翡翠の石笛の音

太古よりこの世に生《あ》れし無垢なるままおみな土偶は何を祈るや

空焦がす怪しき光ほむらだち縄紋の土器おごそかに生る

三内の縄文土器を再現の野焼きの炎なつ空こがす

みちのくの夜空に拡ごる縄文のロマンに浸りみつむる炎

五千年の夢より醒めし再製の何か言いたげな板状土偶

風のごとく

金婚を祝いくれたる孫子らと和気あふれくる鍋を囲みて

澄み透る師走の夜空に星あふれかしましき世をひととき忘る

木漏れ日の露地歩みきて一首得しこの喜びはわれのみのもの

さりげなく声掛けくるる友あれば老軀めざめて身力の湧く

日高より送らるる昆布粉ふきて潮の香たちまち厨に満つる

こらえつつあれば事なく過ぎゆくや独り暮らしのつづく歳月

すでにして誰のものにもあらぬ身ぞ風の如くに生きてもみたし

組み鐘《カリヨン》の音色やさしく今日もまたこの街つつむふるさとの音

天然記念樹

天をつく樹齢千年のちちの木は王者のごとし空狭く見ゆ

静まれる丘の林にぬきん出て神木と祀られ漂う霊気

ちちの木の垂れいる乳に手を触れて子を授けたまえと女《おみな》の祈り

幹まわり両手ひろぐる観光客手をかしてよと呼びかける女《ひと》

風たてば裸木となりたる大公孫樹《おおいちょう》しじまの森に楽の音ながれ来

鮭の一本釣り

奥入瀬に婚姻色の鮭のむれ背びれあらわにしぶきをたてて

ひたむきに母なる川をめざしくる南《なん》部《ぶ》鼻《はな》曲《ま》がり鮭の幾千

一本の杈《やす》と水眼鏡もて日すがらを獲物さがせり川に潜りて

さわだちて竿もて余す大物か抗う鮭に男《ひと》のけぞりぬ

川土手にとりたて鮭の串ざしをガブリとはめばふる里の味

りすと牛飼い

朝にくる番の栗鼠はひまわりの種をめあてに時をたがわず

裏木戸の塀伝いに訪いくるる縞栗鼠なれて目と目があえり

起床四時　就寝六時とふ日焼けせる病知らずの牛飼い老人

野に飼いし雌牛の角の節目みて経産回数ぴたりと当てる

春生まれし仔牛はすこやか体毛に草の実つけてあどけなき貌《かお》

ランプの湯宿

樹海よりぽっかり空けるひとところランプの湯宿に歌会ひらく

八甲田山から流るる青荷川　瀬音かすかにかわず鳴く声

急かさるる世に生くる人ら遠くきて静寂の世界にしばしひたるか

吊り橋を渡りて下る露天風呂透きゆく風にもみじ葉ゆるる

目にやさしランプの光《かげ》にしっとりと心境詠のうたに時間《とき》を忘るる

断崖の勇者

絶壁によじ登り蜂の巣ねらう命知らずのヒマラヤの若者

満月の夜明けを待ちて絶壁の巨大巣ねらう断崖《ペリンゲン》の勇者は

風あらき天上の園にりんどうの甘き蜜貯めるヒマラヤ蜜蜂

性あらきヒマラヤ蜜蜂ぜっぺきに巨大巣つくりて人寄せつけず

むせかえる燻煙焚きて抗える蜂の大群静まるを待つ

荒わざに挑むたまゆら山神に赦しと守護を祈るつわ者

すさまじく刺されし顔は紅くはれ打たれしボクサーのごと目鼻わかたず

昭和の残像

栗の実をゆすりて風の渡るときたまゆら甦るわが少年期

離りゆく叔父の征く船声かぎり人波わけて送りし昭和

召されゆく叔父をみおくる万歳は　いつまでもいいいいい生きよの万歳ときく
（百歳・千歳・万歳の意）

娶《めと》るなくシベリアに果てし骨のなき叔父の命日めぐりくる冬

進学の通知を受くる三月に「火事だ火事だ」と騒ぐ北風

移り火はみるまに速し雪のなか幼なを抱き夢中で逃る

火だるまのわが家崩れん断末魔　火の粉かぶりてただ立ち尽くす

楽農園

蛙鳴く葦沼のほとり一面に白き炎と水芭蕉咲く

堅香子草《かたかご》はなだり一面に咲き誇り憂きこと忘れさす紫の群れ

野薊にしどけ・楤《たら》の芽・うど・こごみ天然野菜に体調ととのう

鍬一丁スコップ一丁の備えにて旬を楽しむわが楽農園

落葉三年つみて造れる腐葉土の豊かなる土に育てよ野菜ら

掌にとれば土の匂いもほのかにて残れる畝に楽しみの湧く

馴れぬ手に小さき命の種子まけば旬日を経て素直に萌ゆる

採算を度外視したる土いじり無農薬野菜を妻もよろこぶ

一坪地主

立春に林檎の枝剪《き》る人らいて光ははつか春の色なす

会費もて管理栽培ゆだねいて穫り入れ楽しむ一坪地主

世の不況かかわりもなく手入れせる矮化《わいか》の林檎に千の花満つ

リンゴの花咲けば忽ち蜂群れて花粉の交配に花粉まとい飛ぶ

米寿

あめつちの砂の一粒わが命　米寿の杯に酔い沁みわたる

不器用に生き来し歳月かさねつつ拙な歌編むじくじたるかな

背にとおる陽のぬくもりは生きて在る証とぞ思う秋深む空

いたずらにゆかするならね歳月はひと日ひと月われに重たし

ひたすらに明るき未来希いつつ白木蓮の樹下ゆっくり歩まん

波の音ゆうべ静かな湖のほとり独りのわれを温めている

みちのくの夜のいで湯に独りおもう妻に生かされ来し八十路はや

II

木守柿

目に映るものみな美《うる》わしと思う日に殊にも愛《め》ずる木守柿ひとつ

山水のこころにおのれあらしめて善悪ともに心地よき今日

狂おしくこおろぎ鳴けりわが脈の動けと念ずれば元にもどれり

慎ましく日輪拝むと人みれば人は醜き人のみならず

寂けさは極まらんとす暁の星の光と霜の白さと

こころ緊《は》るひとりの生《せい》ぞ暁を天地はたまゆら霜どけに輝る

白き風車

周壁の山を越えくる風の照り水皺つくりて湖わたり来る

暮れなんとする日輪は湖《うみ》に照り野鳥の群れは逆光に消ゆ

知らぬまにさ庭の奥にすずめ蜂大き巣造りて庭を支配す

しなやかに白き風車は巡りおり何よりも地球にやさしき発電

種こぼれ咲かねばならず咲く花かいぬのふぐりのうすき水色

昭和アルバム

苔おおう岩の真清水ひややかに肌よくなると乙女くみゆく

紫蘇ジュースの深紅に落とす氷片はもみ合う如く束の間うごく

蒼天へ恋人と翔《か》けるシャガールの巧みな構図にしばしたたずむ

峠きて展くる碧き十和田湖の水面に初秋の風たち渡る

蔦沼の悲恋の伝説ききしより水面は妖しくただよいて見ゆ

濃淡に藍の水照るみずうみにみなも騒だつ姫鱒の群れ

湖底より日の丸つけし陸軍機　六十年の記憶よみがえる

藍ふかき中湖《なかうみ》をすいすい漕ぎてゆくカヌーは水すましと見まがう

届きたる昭和アルバム操るゆうべ目に母の面影《かげ》飛び入りてきぬ

日本の進路

ハイジャックされたる航空機は狂うごとビルを直撃すマンハッタンの惨

崩れゆくビルはうめきの声たてててせんすべ知らず消えし五千余

生きの世の地獄の絵図よ燃えさかる摩天楼より飛び散れる影

潰《つぶ》れたる瓦礫の下より助けてといのち乞いする携帯電話

日本の針路を左右する派兵問題　勇み足あやぶむガイドライン法

もの剰《あま》りに馴れて生きゆく未来かも流星とび交い隕石落下か

平和ぼけに突如海外派兵とう国の針路問わる重き思いに

空襲に怯え暮らしし日々昏くひもじさ写るアフガン難民

中東の乾ける空は真二つに割れて報復の鉄の雨降る

身近なるテロの標的六ケ所の核燃貯蔵池に怯え漂う

暗き世に明るさ一つ待望のプリンセス誕生の特報に湧く

戦中のひとコマ（昭和17年）

国挙げて「ホシガリマセン　勝ツマデワ」総動員法しかれし戦時

戦闘帽かぶりゲートル巻いて軍国少年は青森駅に立つ

背高の白人捕虜か駅前広場《えきまえ》にやつれし一団陽に晒されて

足首に鉄の鎖のいたいたし傷口に寄る蛆《うじ》はこぼるる

新嘉坡《シンガポール》　陥落に無条件降伏せまる山下大将の「イエスかノーか」

青函連絡船《れんらくせん》にうらぶれて乗る一団を看視の憲兵ピストル提げて

青森空襲

七十年前まちは火だるま昭和二十年七月二十八日の青森

なまなまと蘇りくる青森空襲われの母校も下宿屋も燃ゆ

青春の思念は無惨に散りぼうて母校の廃墟にわれ立ち尽くす

B29真夜に襲い来ひと坪に重なり落とす焼夷弾の炎《ひ》

青森の県都見る影もなし　連絡船の桟橋まぢかに見ゆる

焼け跡のこげたる文鎮一本が学徒の友の遺品となりぬ

ゆくあてどなき放浪の身はおもく弘前城址に移り住みたり

急ごしらえの教室べニヤ板　つつぬけに聴こゆ教師は二人

ひもじかる戦後のたつき闇米を買わんと秋田へ検問くぐる

走る衝撃

一撃をくらいし如き驚愕うく淳君殺害の犯人知りて

謎めける酒鬼薔薇聖斗《サカキバラセイト》逮捕さるマサカの犯人はローティンエイジャー

オカルトマニア犯罪本よみあさる孤独は殺人鬼の意《こころ》貯めゆく

一身に独り鬱々病みたるか親、教師にも知られずあわれ

病理生む知育偏重の落とし子か殺人鬼と化けて幼ら襲う

アニマの詩ごえ

夕映えに穂すすき揺れ犬と往く万歩計に励まされながら

基準超ゆるダイオキシンに浸されし母乳《ちち》を欲りいる都会の幼子

おびただしき芥浮かべて流れいる眠らぬ都会《まち》の朝の素顔

満潮にあらがう人らモルジブ島　床下浸水にサンゴ積み上ぐ

南洋の楽園ひとつ小さき島未来危ぶむ人ごとならず

人類が徐々に自然を壊しゆく遥けくきこゆアニマの詩ごえ

孵化ちかき朱鷺《とき》のいのちが嘴《はし》打つとビッグニュースは佐渡より挙がる

亡びゆく種のいのち絶やすまじと朱鷺を見守る一億人の瞳《め》

日中のかけ橋とならん朱鷺一羽生れし喜び告ぐる佐渡びと

老老介護

父看取ることの重さよさすりつつまどろむ冷えにあかとき覚ゆ

明るさの減りゆく国の福祉問うねたきり老父の介護のわれは

静臥時の父を見舞える孫子らに「よくぞ来た来た」とすぐ涙ぐむ

白寿にて臥す日の多し父の背をさすりて今日の会話と為しぬ

描きては毀さるる多き未来像　老父母かかえおぼつかなくいる

夫婦箸いのちの糧を運びたり塗りはげたるも捨て難くいる

段畑の石垣ひとつそれぞれに父祖累代の貌かたちして

生あるものら

すがるもの何も持たざる昼顔は夏の日盛り砂這いて咲く

実りたる種子おのずからはじけつつ浜昼顔が聞く秋の潮

奥入瀬の白絹の滝のしぶき受けえぞあじさいの紫におう

かがやかに燃ゆる満点星《どうだんつつじ》霜月のさ庭の垣はわが目を奪う

枳殻《からたち》の古木は朽ちて皮うすし樹液かようやまばらな黄の実

藪に来てせめぎあう声野鳥らは今日のいのちの赤き実啄む

池の面に涼しく泳ぐ水すまし争わず距離をたもち輪を生む

高レベル廃棄物

核という恐ろしきもの人類は持てるが故に持て余しいる

議論いまだ噛みあわぬまま杭は打たれぬ　わが清き里

雨の中湯気たてて着く核のゴミ招かれざる客に数多の警護

安全とうＰＲのビラ軽々し力もて押しくる核廃棄物

人のいのちを守れ守れと絶叫の旗波のけて陸揚げはじまる

睦月地震如月サリンつづくオウム息つく間なく核のゴミ着く

核の塵芥《ごみ》　最終処分地ぼかされて熄《や》むことのなき奥歯が疼く

出口なき核のゴミ貯まりゆく六ヶ所の行末いかにとただに懼《おそ》るる

国策の砂鉄・砂糖・原船むつもいずこにありや広がりてゆく海霧《じり》

住めば都

働いて円高にして首をしめの語に頷きつつこの歳明ける

いじめとう若き命が軽々と死を選ぶ世は耐え難きもの

百選の道に塑像の親子馬に子ら跨りて地金光れり

底びえて天より舞いくる雪の華　発光体となり湖底に吸わる

寒き日はデパートめぐりぬ花匂うフラワーショップの花にぬくもる

常夏の花咲ける国より帰り来て雪もあたたかし住めば都ぞ

親指だけの会話

ひらめける言葉の湧きて見上ぐれば橅の新芽は朝光《あさかげ》に満つ

小旗もつガイドの後によたよたと手を繋ぎたる老夫婦ゆく

青インクの文字うすれゆく古日記「初任給六百八十円」貧しき戦後

戦争を知らない人ら六割超ゆ　孫に伝えん無惨の青春

フリーターとう娶《めと》らず嫁《とつ》がず茶髪なる独身青年巷に増えゆく

手書き文字すたれて薄き携帯電話《ケイタイ》の親指だけの会話がすすむ

四十年はたらき続けし教え児は企業戦士となりて還り来

台風の噴き荒るるごと老後の不安かきたつる国民年金

シルクロード

絹運ぶ駱駝《らくだ》の隊列月の夜を熱砂を避けて秘境越えゆく

いにしえの東西交易さかんなる世界遺産の敦煌《とんこう》に着く

敦煌の熱砂のまちは午前二時真夜に働く驢馬馭《ろばぎよ》する声

敦煌のシンボルなりし莫高窟《ばつこうくつ》　画伯の恋人の観音菩薩

（平山郁夫画伯）

汗垂りて踏めば鳴るすな鳴沙山あな裏に幼き蠍《さそり》よろける

ほむらたつ熱砂のまちは45度　一椀《ひとつき》の水にいのち救わる

第五七窟壁画の菩薩のうす物の裙《もすそ》垂るるに人ら魅《ひ》かるる

「今日《ニイハオ》」と発せば「今日は《コンニチ》」と返りくる賑やか飯店に朝の笑顔

朝あけの広場埋むる太極拳老しなやかに繰り返し舞う

売台に紅き肉売る少年は日がな蠅追い打ち振る団扇

酒泉なる夢をはぐくむ夜光杯の茅台酒《マオタイシュ》にほてりまどろむ

幾千年石に刻める碑のなかに杜甫の詩映えて指もて触るる

秦代の出土の傭《よう》の数千体　おのもおのもの凛々しき面輪

敦煌にねむれる仏像目を覚ましロマン語るがにかすかに目をあく

娘《こ》を質に金を借りたる敦煌の絵師の暮らしを伝うる今に

広らかな奥処におわす寝釈迦像　おだしき面輪おくゆかしけり

おおどかに昏れゆくたまゆら天山の空ふかく舞う飛天のまぼろし

いにしえのロマン秘めたる莫高窟《ばっこうくつ》よろこび湧きて去りがたく居る

白龍は天空《そら》におわすか敦煌の星ふる夜のひそやかなりき

新市誕生

花々の競い咲くごと列島の地図かわりゆく合併の渦

秋まつり山車曳く子らの幾たりぞ今年かぎりの孫と綱ひく

新市誕生一月一日　冬空を紅く染めたり大輪花火
（平成17年、十和田市と十和田湖町）

馬のまちと湖水の町と和して成る新十和田市はなごまん市か

住みよき市《まち》づくりめざす未来かも　こども市議会今日より始まる

「われ幻の魚を見たり」貞行の偉業たたえん今日の佳き日に
（和井内貞行）

少年の眼　未来みすえて大空へ今しはばたく翼ひろげて

姫鱒《カパチエッポ》の影ひく底のさざれ石あわき光はさゆらぎ止まず

青澄める湖を見守る乙女の像　讃えて歌わん「湖畔の乙女」を

山河浄めよ

生まじめに働き続けいくばくの年金ぐらしは構図知らざる

「ああ言えばこう言う」図式くり返す証人喚問のスイッチを切る

悪は悪と糺す自浄のちから弱まりて税の穴うめ押しつけらるる

山に塵芥《ごみ》海にヘドロの溜りゆく島国危うし経済大国

餓死者つたう天明の石碑《いし》傾きぬ闇の奥より何をか語る

忘れかけて過ぎし拾年君のうた山河浄めよとわれに呼びかく

穂の先をちからの限り撓《たわ》ませてチビ蜘蛛一気に空へ翔けゆく

いのち清らに

奥入瀬の萌ゆる青みどり初蝶に裡に閉ざせる扉ひらかる

会えばまた言葉弾みて同窓の都々子と握手す今日は祝日《ほがいび》

アンコール「月はとっても青いから」都々子は唄う声ほがらかに

声美《は》しき少女はその才認められ古賀政男氏の養女となりき

上京の朝講堂に別れの曲「銀笛の悲しみ」われらに唱いぬ

牛蛙は人に愛されアメリカへ飛びて食さる高値のままに

足ばやに八十路は過ぎん暑き夜にメガネ捜して時を失う

夜を更かすわが文机のそばに来ていのち清らに鈴虫鳴けり

霧に咲く花

天そそる岩の洞より落つる滝かぜ舞うしぶきに身はこわ張れる

峡ふかく屈まりてゆく滝観洞《ろうかんどう》　水のしぶきに霧の花咲く

とどろける水の滝つぼ身はさむく鳥はだたてて異界にひたる

地上の風は死に絶えてクーラー全開にさわぐ甲子園

だしぬけに潮ふき上ぐる三陸の鯨とまがう潮吹きの岩

ほうりたるパンの一片なお欲りて観光船を追うかもめの群は

いつしかに馴らされてゆく悲しさよ野性うすれてパン追う鷗

高村光太郎翁を尋ねて

刻々と北上告ぐる台風に進路凝視す旅発つ前夜

松籟《しようらい》と鳥と虫とを友とせし光太郎を偲び山荘たずぬ

世俗避け山林孤棲を愛したる彼の人現る文机のうえ

芸術を高く求めて模索して悩む彼の日のままなる山荘

冬荒れて薄き障子の底冷えに老光太郎如何に過ごしし

原爆忌平和を祈る鐘ひびき抗うごとき核実験の国

名もなき一生

色づきし紅きもみじ葉いろ冴えて十輪田《とわら》銀山朝霧のなか

郷土史家K氏の案内藪ふかく古りし苫家《とまや》ぞ謎ひめる軒

信仰の歓喜の徴《しるし》かクルスありて古りし祭壇に奥の間ひそけし

みちのくの十輪田銀山に容赦なくキリシタン捜索の及びしかの代《よ》

幾千の鉱夫にまぎれこの銀山に一生《ひとよ》名もなく果てしキリシタン

銀山の鉱穴秘めて草深し草かげの辺にかたまれる墓

きさらぎの頃

ひらひらと釣り上げられし小さき魚鉤《はり》はずされてやがて凍りぬ

カラフルな氷上テント散らばれる「わかさぎ」釣りの旬の小川原湖《おがわらこ》

釣り揚げしわかさぎ天麩羅さめぬ間に舌にころがる極上の味

生きもののごとく触手のきららかに氷華は咲けり月光の窓

きしきしと屋根雪締まる音のして氷点下15度の大寒の朝

軒下に日増しに伸びゆくつららの親子棒を当てればドレミファの音

残留孤児

幼なくて母と別れし中国の残留孤児を戦後は映す

ひと度を母国の親との再会を果たさん心ただ一途なるもの

病みこやる養母は臨終《いまわ》の際に告ぐ信じがたかり汝《な》は日本人

「月の砂漠」こころに貯めて半世紀母より聞きし童謡《うた》は懸け橋

劇的な再会果たせる卜秀英《ぼくしゅうえい》　女人かぼそく歌う涙ごえ

このうたは母の賜びたる形見うた津軽に辿り来て再会果たす

祭りねぶた

出陣の情《じょ》っ張《ぱ》り太鼓どんどどん佞武多《ねぶた》の響き夏をゆるがす

人あふれネブタに酔いて踊りいる志功《しこう》ねぶたの豊かな乳房

陽焦けせる半裸の男跨りて大太鼓打つたび玉なす汗は

若き日はねぶた跳人《はねと》にとび入りて鼻緒切れしを知らず踊れり

大太鼓よぞらにひびき跳人らの乱舞はやまず己が影踏む

北国の「もつけ」と言われたねぶた馬鹿山車《だし》を仕切りて夏もり上げる

もつけ（熱中するひと）

おのが血はアイヌか熊襲か知らねどもねぶたばやしに命騒立つ

世の不況まつりねぶたに影おとし寄付ままならずと山車《だし》の数減る

街の顔デパート松木屋倒産とうバーゲンセールに溢るる人ら

立ちねぶた夜空に武者絵浮かびたちまなこ爛々やみを呑み込む

ひとすじの道

突然の訃報うけたるたまゆらは風花舞いてこころ冷えゆく

少年のわれに優しく声かけて自立の道を説きくれし叔母《おば》

破れたる国の救済なきままに盗みて生きなん野性の孤児ら

ガード下を塒《ねぐら》に暮らす孤児たちは温もり知らず涙ぐましも

大戦の孤児たちを受け入れて育ての親となりし献身

睦み合う孤児たち見れば貧しさは物にもあらずと言いし叔母はも

清《すが》やかに慈愛の道をひとすじに燃え尽き逝けりシスター院長

在りし日のみことば今もわが裡に忘れがたかり年古りてなお

自我の目覚め

台風一過に安堵せり早朝におとないてくる独りの黒人

板べいが道をふさぎて倒るるを言葉通ぜぬもどかしき朝

鉄柵を隔てて暮らす三沢基地アメリカ兵は犬を走らす

言いあいて己れゆずらぬ諍いあり黒人混血児のくちびる紅く

犯罪も無知も栄光もひそみいん混血の児が宙を指さす

ふるさとに悲歌を置き来し黒人兵しろき瞳むきて何訴うる

血のなかに二つの国が位置占めて葛藤の時あらん自我の目覚めに

基地近く住みて久しく馴らされて核の射程に入るらしわが家

移りゆく季

遅れくるバス待つ駅に秋桜《コスモス》はあえかに揺れて曲を奏でる

花見どき臨時運行のレールバス満員御礼ゆるゆるすすむ

里芋は煮るたび母を思い出す甘くて辛かりしおふくろの味

唐黍《とうきび》を美味しそうにも食べていし祭りの秋の母のかんばせ

湖に対く乙女の像を守るがに楓は枝展べ日傘となりて

十和田湖は日ごとに温みほのぼのとやさしくなりて人らを誘う

異常現象

探査せる「かぐや」が月より写したる見惚るるごとき地球の面輪

歳ごとに体調くずす温暖化この夏四十度超の異常島国

妻の煎る焼ぎんなんのかんばしき香は家ぬちに拡がりてゆく

四季美しき緑のトンネル十和田湖にひと日遊べる旅人絶えず

ただたどしく言葉発せる異国人こころにかかる一語吐きたり

押し寄する浪にたわむる流木とペットボトルは日がなもみ合う

打ち寄する鯨の屍《かばね》の胃袋は血に変らざる化学の繊維

変わりゆくこの地球《ほし》いとし潔く汚れしものをみな棄てて廻れ

つぶやく翁

やわらかき陽ざし差し込む菩提寺に水琴窟《すいきんくつ》一滴ずつの春の音

春雨に芽吹きのさ庭空に向かって心ひらかん形の朴の秀《ほ》

子といえど離りて住めばいつの間にかこころ離れると呟く翁

降りやまぬ記録破りの豪雪に息ひそめおれば長き一日

藁馬編む指は巧みにくねくねと見るまに稚き馬立ちあがる

Ⅲ

春の足音

下駄箱の奥に並べる雪下駄の減り跡は父の履きし日の癖

松の枝に積もれる雪を篩《ふる》う風煙りて流るる春の前触れ

うずたかき雪の軒場に煙る雨こころほぐれてようやく春か

かた雪を踏みて林檎の剪定のはじまる声は野に甲高し

不凍栓ゆるめし手先に響きくる地下よりのぼる水の激しき

雪国は言葉少なし除雪する朝に夕べに雪と語りて

菜の種子の市に並べる裏通り解けながら降る雪の明るさ

古城の修築

軋みつつ地上はなるる天守閣　一瞬しずまり歓声あがる

弘前城の歴史ひきずる難工事　水平移動みごと果たせり

地切式《じぎりしき》おえて曳屋を仰ぎつつ綱曳く人らは祭りのごとし

われもまた戦後に学べる恩返し曳屋の綱の一人となりて

夜を吼《ほ》ゆる雪笛やめばさやさやと囁くさみしもろこしの葉

天地の砂の一粒わがいのち米寿の杯は身に沁みわたる

帰省せる孫子らに囲まれて杯あぐる都々逸一曲うたおうか今宵

大晦日に首を見せあう十和田温泉「やあ、久しぶり」と湯舟賑わう

朝風呂を賑わす話題のＴＰＰ一次産業の行方いぶかる

原発の是非をめぐりて声高に湯上りの客らの甲論乙駁

雪の降る頃

積む雪に物音吸わるるあかときを目覚め難しも額冷えながら

一夜さの雪に鎮もるあの森にモンスターとも杉の老い木ら

風食めば直ちに咳くと言いましし祖母の言葉を今にうべなう

力ある動きびくりと貝柱貝よりはずすわが手にひびく

しみじみと空に流るる雲を見る鳥の飛ばざる層のあるとう

撞く人の或いは聴く人の諸々の思いに鐘の音色がわたる

旅たつ孫

待ちわびし男孫《おまご》の挙式定まりてよろこびかみしめ手帳に記す

爺われを気遣いくるる孫の声ケイタイにききて寝ぬる夏の夜

東京に離《さか》りすむ孫神前に誓い合う　曾孫《ひまご》みるまで生きたし

生きがたき都会暮らしに「初心忘るな」と別れぎわ握手を交わす

人生が二度あればとうたう陽水の物がなしき声きくワイン呑みつつ

ふる里の友の便りは一とびに三十年前にわれを引き戻す

白神の橅《ぶな》の樹海にひびき合う木々の精うけくまげら巣立つ

ちょこまかと雑役絶えぬ主夫となりピンピンころりの生き方ありや

命賭ける人

ひとつ山に命をかけて登りゆく神の座に近く足はよろめく

（三浦雄一郎氏）

エベレストへ三度の登頂あと二粁雄一郎の呼吸《いき》われに伝わる

「頂上に着きましたアリガトウ」第一声世界最高齢記録の更新の声

頂上を三たび制覇の雄一郎　津軽のじょっ張りでかしたと拍手

日頃から靴に鉛の重しつけ体むち打つや挑戦魂

帰国して日焼けの笑顔でアリガトウ若きらに言う勇気と元気を

病める妻（回想）

惚けそむる妻の奇行は徐々に増す海馬の萎縮知らざるままに

何時の間に家を抜け出し放浪の夜道さまよう妻となりくる

わが裡にこもる想いを誰に告ぐ鬱々として雪空仰ぐ

吐き出せば楽になるとう意気地なきわが狭量を月が見守る

申し込む介護施設に空きなくて待つ身はわびし痺れを覚ゆ

八十路生きこころ疲れてまどろめば冬の雷《いかずち》うつつにも聞く

ひびきくるもの

杁《えんぶり》の響む太鼓に摺りの舞ねつを帯びきて凍土溶けゆく

今し生れ濡るるる四肢もてよろめくも仔馬は大地をふんばりて起つ

猫柳ころころひかる三月のつらら溶けゆくリズムのひびき

紛れひそむ酸性雪の初雪か下校の子らは口開けて受く

ミサイルを超えて世界をおびやかす新型ウィルス羽根つけて翔ぶ

月面より青き地球の昇りくる孵化せる球体無垢なるままに

咲き盛るさくら並木をいたぶりて山背に荒るる五月の大雪

相せめぐ二党掲ぐるマニフェスト民意は炎ゆる変革の夢

萌え

雑木山の萌ゆる木の芽のふくらみに春のひかりの昼ひそかなり

草刈れば雛鳥かばう　よしきりのせき立つる声に胸せまりくる

虫くわえしきりに辺り見わたして巣に入りたるわが家の雀

牛小屋にロックのリズム響きいて青年の指に乳はあふるる

自らの命を養うためなれど米研ぐ水はいまだ冷たし

黒土に点々として芽吹くみどり野蒜《のびる》細茎　葉わさび丸葉

からまつの林の芽ぶきけぶらいて遠目に風の流るるが見ゆ

ゆさゆさと八重咲水仙の群れゆらし遊べる風は妻かと思う

六魂祭

東北が一つになって　鎮魂と復興をめざして巡る六魂祭

地にひびく六魂祭は熱おびてねぶた囃子は幕を引きゆく

福島のわらじ祭は汗垂らし二トンを担ぎて叫ぶ「わっしょい」

色ちがう扇を両手にかざし舞う「そーれそーれ」と仙台すずめ

すげ笠に赤い花つけ舞いおどる音頭にぎやか「ヤッショ・マカショ」

秋田の竿燈一本竹ちょうちんを肩があやつる左右に揺れて

太鼓叩けばさんさ踊り品のよいのを嫁にとる「サッコラ、チョイワヤッセー」

太宰生誕百年

太宰いま生誕百年よみがえりメロスは連れくる花野の里に

『グッド・バイ』遺して逝きし太宰いま生誕百年また一歩から

「百歳になりしたじゃ」とマント姿の太宰は芦野公園に建つ

若くして惜しまれ逝きし太宰いま立像と成りて人に仰がる

自尊心と劣等感と絡みあい顕《た》ちくる気配す津軽の里に

仰ぎみるマント姿の太宰像花束うけてはにかむ面輪

ましぐらに翔ぶ

巣箱より蜜蜂幾千おとたてて花野をめざしましぐらに翔ぶ

菜の花の黄なる海より運びくる花粉まといし足太の蜂

花のいのち短かりしを惜しむがに蜂らひねもす黄の海へ飛ぶ

栃の花さく傍に巣箱ならぶテント暮らしのジプシー家族

分封の蜂のかたまり軒下にうなり渦巻くをしばし見守りぬ

林檎の白き花咲く頃はまめこばち花から花へ日がな働く

かわず啼く葦沼のほとり一面に白き炎と白芭蕉さく

ペニシリン

澄み透る睦月の夜空星あふれ生きがたき世をひととき忘る

その癖も短所をすべてうべないて共に過ぎ来しこの五十年

ひもじかる戦後の生活《たつき》あたふたと子を育てにし僻地のあけくれ

ペニシリンみごと下熱の効ありてわが子の救われたるを忘れず

すっぽりと雪に埋もるる谷地温泉客まつ湯沫《ゆなわ》独り言いう

ひょっこりと顔出す貂《てん》は黄金色、客らざわめくひと目みようと

目ざめる大地

根のもとを雪溶けそむる冬木原ようやく大地は春の気配か

みはるかす三木野の大地目ざめては湯けむり起ちて黒土を被う

目ざめたる生あるものら一斉に歓喜のこえあぐ芽ぶきの地界

背にとおる陽のぬくもりを生きて在る証とぞ思う今日は立春

待つとなく立春の日を確かめん卵すっくと立つかも知れず

戴ける鉢のシクラメンまた咲きてこころはふかく花に寄りゆく

凡人はたゆき思いのわくものか病む妻あらばはげみ生くべし

感動するこころを常に持ちてあれ　己れはげます草光るとき

曲《ごく》水《すい》の宴《えん》

新緑の浄土の庭園に平安の衣装まといてゆるゆる進む

狩衣をまといて遣《や》り水のほとりに座しぬ今日は雅《みや》び男《お》

朗々と開宴を告ぐる主催僧　しじまの森にこだまとなりて

毛越寺《もうつじ》のみどりの園に雅びなる「曲水の宴」に催馬楽《さいばら》響《とよ》む

十二単は「天」の題告ぐるたまゆらは心鎮めて墨すりはじむ

狩衣の袖おさえつつ短冊に慣れぬ筆とり書くやまとうた

十和田湖を覆うセピアの雲あれば天眼展《ひら》けてまばゆし湖は

平安のいにしえ人を偲びつつわが献詠歌披講さるるを

還らぬ父

たどたどと幼き足どり百歳の父の手をひく桜の下へ

雲の湧く百寿の峰に辿りたる父はおだしく二十歳を語る

長寿国に老いて偲ぶは大戦にあまた果てたる若き友どち

市長より長寿祝い金贈られし父は「勿体なし」と施設に寄付しぬ

長きかな百年短きかな百年とかすかに洩らす父のつぶやき

死に際に父はわが掌に爪たてて指にて書けり「アリガト」の一語

百と二歳の父のいのちは燃えつきぬ　大往生なりとわれは呟く

冬物語

穢《けが》れなき朝の雪積む細道に出合う人らは声をかけ合う

午前四時降り積む道を音たてて除雪車家並みの窓揺さぶりつ

地吹雪の視界を閉ざすたまゆらに台湾ツアーは歓声を挙ぐ

奥入瀬の氷瀑を観賞するツアー今日から始まる冬物語

地へとどく氷瀑あまた連なりて光差し込むブルーの輝き

氷柱が大地を貫きそびえ立つ十和田の氷瀑身ぶるい仰ぐ

生きものの如き触手のきららかに氷華は咲けり月光の窓

漆黒の闇にひろがる冬花火「乙女の像」の肌光り見ゆ

塞翁が馬

幼な子の命のみたる夏の海　母よぶ声の止まぬ潮騒

ＳＯＳを一期とし台風に洞爺丸沈没す　死者一千百余

大型の台風《かぜ》になぶられ沈みたる青函連絡船《れんらくせん》「洞爺丸」嗚呼《ああ》

タイタニック号にたとえられる豪華船「洞爺」も台風に一気に消さる

「ハハキトク・スグカエレ」の電報に妻は一便くり上げ命たすかりし

次の便の洞爺丸に乗りし先輩　永遠《とわ》に還らず二児のこしたるまま

運と不運は紙一重ままならぬ世の中なりき塞翁が馬

卒業証書

書き上げし卒業証書重ね終え紫煙くゆらす至福のひととき

中学の吾娘に卒業証書を手渡さん一瞬裡に込み上げるものあり

鉄玉が左右に唸り学び舎は軋《きし》む音たてて歴史を閉じる

統合のモダン校舎が建ちてゆく槌音そらに夢もひろがる

朗々と子らの音読どよもせばことだまとなりて心をとらう

偏差値よさらばといえる術なきか子らの進路はみずからのもの

猿ヶ森砂丘

涯しなく海に沿う砂丘に片靡く防風林のみどりは続く

白き木肌をむき出しにせる埋没林象牙のごときを砂丘に光らす

休演の日の砂丘は謐《ひそ》けし視野の果て着弾標はしろくかがやく

特攻機果てしわだつみ消ゆるなし微かに聞こゆる遠き潮騒《しおさい》

激戦地ペリリュウ島に日・米のみ霊《たま》に花束を捧げし両陛下

東日本大震災（２０１１年３月11日）

大地揺れめまいのごとく血は引きぬ　続く余震に身はこわばりて

大津波は濁流と化し人も家もひと呑みにして渦巻き流る

流れゆく家はうめきの声たてて消え果てたりし二万七千

すぎゆきの跡かたもなく流失の三陸海岸がれきの地獄図

復興の歩み遅々たる被災地に屋根に乗りたる真赤な船底

停電に赤子泣きだしストーブを借りきてようやく人肌おぼゆ

原発の安全神話くずれたりセシウムに故郷追われし幾万

福島の少女の疑問「わたしは普通の子ども産めるでしょうか」

巨大地震・津浪・原発にさまよえる人間の無力さ身に沁みて識る

あの夜の巷は暗く沈みたり遥かにまたたく満天の星

一瞬に消ゆる人らを見とどけし一本の松の木　時代を明かす

まがなしき命ひとつを授かりし末娘のもつ明るさひとつ

大津波に家攫《さら》われし病む人に離れ家いさぎよく贈与せん

鎮魂の「花は咲く」うた独りきく亡きひと顕ちきて胸あつくきく

書の道はるけし

墨の香が堂に満ち三百の子らひたすらに書く無言となりて

雪のなか昇段試験にいどむ子ら私語ひとつなく筆をはしらす

書き初めの筆にこめたる「はつはる」と孫は凛々しく太字書き上ぐ

携帯電話《ケイタイ》やパソコンはやりて書くちからとみに劣化す年賀のハガキ

日の本の伝統文化子ら共に書にはげみきてはや三十年

白き紙に対えばこころ鎮まりて憂きこと忘れ弾みくるもの

目をみはる気品のたかき王羲之《おうぎし》の爽雪本の前に立ちつくす

一幅の気魄こもれる王鐸《おうたく》の連綿草にまなこころして

統合記念「守・破・離」の額装を白石公民館《こうみんかん》へ贈る心をこめて

師の賜びし軸装「愛山水楽閒曠」居間に飾りて感恩にひたる
（山水を愛し、のどかでゆったりとした境地を楽しむ　師 古川暁洲）

秋の日の短く暮れて拙な文字　書きつづくるもわれの生き甲斐

一枚の記念金貨

賜りし師のうた色紙にこめられて男鹿の潮騒かそけくも聴く

台風に倒れし桃樹にいのちあり蘇生のひと枝花かかげたり

よみがえる人間愛か今日からは少しの水を人ら頒け合う

人のこころ脆き器となげきつつ空を仰げば赤き夕星《ゆうづつ》

一筋のうすれゆきたる航雲はさながら天の羽衣となる

公転せる火星・木星のはざまにて翔べる「奥入瀬」人に知られず

株安と倒産・解雇のトップ記事告ぐるも見るも雪降りのなか

一枚の記念金貨にぎっしりと激動流転のドラマ秘めもつ

歌を杖とし

あの里は夢のあふるる少年のわが思い出の消えざる砦《とりで》

白髪の教え子いくたり遠く来て二つの祝いただ有り難し
（卒寿並びに文化功労賞受賞）

十和田湖へゆく駒街道は桜《はな》のみち微かにもきこゆ駒のいななき

道端に佇てる馬上の少年の手にふりそそぐ春の朝光

わが妻は既にあらねど事につけて妻を呼ぶなり言に出でねど

一人でも生きてゆけよと亡き妻の言葉のような花のハンカチ

も一人の鏡に写るわれの顔　笑顔・鬼顔・しわ深き顔

歳越しの十割そばにむつみ合う初曾孫のほほ笑みに福がくる

手のひらに明日の未来を握りしめ笑みて眠れる孫乳足りて

刻々と流るる雲も旅人か再び同じかたちに遇わず
九十路《ここのそじ》のやま道けわし転ばずに歌を杖とし楽しみゆかな
ひと日なる一期のいのち咲き満ちて沙羅の白ばな夕べ散りしく
やさしい心に耳をすませば庭石のかすかに声するを一人してきく

九十のわが生に加うる何あらん改元の音聞こえ終りの鐘聞こゆ

平成とう脆き平和の世といえど戦争なかりき唯一の遺産《レガシー》

跋　風土愛の歌

篠　弘

著者は、青森県十和田市に父祖より住まう。県下の公立小・中学校の教育に四〇年間も従事し、退職時の一九八六（昭和61）年五月に「まひる野」に入会した同人。すでに三三年からの歌歴をもっている。

本書のあとがきから、大先輩であった『和田四郎全歌集』（平5・4）を編集されたことを知った。この和田四郎氏は、昭和二七年から「まひる野」に加わった人で、やはり教育者であった。著者が作歌に入る前から、和田氏からすくなからぬ影響をうけていたにちがいない。もっと早い時期に歌集を上梓されてほしかった人である。

本書は、著者の第一歌集であるが、必ずしも編年体にとらわれていない。十数年来の作品を基調として、風土や家族などに関わる歌が構成され、作者の活動する領域が分かりやすいものになっている。

集中、きわだった一連の三点を例証し、わたしなりの理解をしめすことで、本書の魅力と特徴を知っていただければ有難い。

まずは「生あるものら」に注目したい。叙景歌と言うより、やはり自然詠と見做すほうがふさわしい。現在において、明らかに減りつつある歌柄であるが、かなり著者が力を入れているものであろう。

すがるもの何も持たざる昼顔は夏の日盛り砂這いて咲く
奥入瀬の白絹の滝のしぶき受けえぞあじさいの紫におう
かがやかに燃ゆる満点星《どうだんつつじ》霜月のさ庭の垣はわが目を奪う
枳殻《からたち》の古木は朽ちて皮うすし樹液かようやまばらな黄の実
藪に来てせめぎあう声野鳥らは今日のいのちの赤き実啄む
池の面に涼しく泳ぐ水すまし争わず距離をたもち輪を生む

おおむね秋の庭から、自分の目で着材されたものが冴える。一首目の昼顔の歌は珍しい。〈すがるもの何も持たざる〉という描写も鋭いが、結句〈砂這いて咲く〉の描写は、逞しい生命力を見出している。二首目は、滝のしぶきをうけた淡い青紫色のえぞあじさいが、濃い紫色に変化した驚きである。三首目は、よく知られるどうだんつつじの生垣である。結句〈わが目を奪う〉という強烈な表現が、真っ赤な垣を髣髴させる。

四首目の〈枳殻《からたち》の古木〉は、特殊な生態を見ている。刺の多い、込み入った枝ぶりと、年ごとに減ってきた実に気づく。五首目は、にぎやかに野鳥が競いあう赤い実を詠み、野鳥の生命力に圧倒される。そして六首目は、水すましの別名のあめんぼか。長い脚を滑らせ、水面に輪を描く生態を如実につかむなど、実にオリジナルな、発見にとんだ動植物の生命に反応してやまない。やはり風土を愛する敬虔な思いに連動しよう。

次に挙げるべき連作は「高レベル廃棄物」である。著者の住む青森県では、下北半島太平洋岸に位置する六ヶ所村に、原子燃料サイクル施設などの原子力施設の他、やませを利用した風力発電基地、国家石油備蓄基地などが建設されることになり、その準備は進む。

こうした施策に、住民として反対した一連であるが、風土を守ろうとする思いが一貫し、次に引くように型通りの怒号調ではなかったことを認めたい。

核という恐ろしきもの人類は持てるが故に持て余しいる
議論いまだ嚙みあわぬまま杭は打たれぬ　わが清き里
雨の中湯気たてて着く核のゴミ招かれざる客に数多の警護
人のいのちを守れ守れと絶叫の旗波のけて陸揚げはじまる
核の塵芥《ごみ》　最終処分地ぼかされて熄《や》むことのなき奥歯が疼く
出口なき核のゴミ貯まりゆく六ヶ所の行末いかにとただに懼《おそ》るる

三首目の〈雨の中〉の歌から、著者が六ヶ所村の現地に赴き、その核廃棄の陸揚げに反対していたことが知られる。四首目の下句の〈絶叫の旗波のけて陸揚げはじまる〉は、その抗争の臨場感が伝わってくる。次の五首目の〈熄《や》むことのなき奥歯が疼く〉の表現は、わが身の痛みであり、この種の闘争詠として頷き得る。

しかし、この六ヶ所再処理工場では、再処理工程の試験は終了したものの、廃液のガラス固化の試験がつまづき、作業はフランスのカダラッシュに決まったが、今後も注目していかなければならない。
著者の特色が出た一連として、もう一例をあげるならば、敦煌を詠んだ「シルクロード」であろう。一九首からの大作で、単なる旅行詠の域を超えた、人間味のあるものとなる。

敦煌の熱砂のまちは午前二時真夜に働く驢馬馭《ろばぎよ》する声
汗垂りて踏めば鳴るすな鳴沙山あな裏に幼き蠍《さそり》よろける
ほむらたつ熱砂のまちは45度　一椀《ひとつき》の水にいのち救わる
第五七窟壁画の菩薩のうす物の裙《もすそ》垂るるに人ら魅《ひ》かるる
幾千年石に刻める碑のなかに杜甫の詩映えて指もて触るる
おおどかに昏れゆくたまゆら天山の空ふかく舞う飛天のまぼろし

ようやく訪れた敦煌の暑い風土を詠み、その熱砂にたじたじとなっている。ちなみに一首目は、午前二時になっても暑くて眠れないことを言う。驢馬をあやつる声に聞き入り、初めての夜は眠れない。二首目に、鳴沙山における蠍を詠んだ歌は珍しい。もっとも美しいと言われる砂丘に、幼い蠍を見出している観察力は鋭い。あとは莫高窟の歌である。

さらに四首目は、莫高窟の第五七窟「仏説法図」における「右脇侍菩薩」を詠む。長い裾を揺らす優雅なポーズに目を見張る。華麗で高貴な仏像に、一同も驚嘆したのであろう。あえて〈人ら魅《ひ》かるる〉と結ぶ。ひとえに菩薩が現実的な人間像として造形されたことに気づいたからである。この連作は、敦煌のロマンにとんだ仏像に触発され、古代からの人間の営為に敬服し、生きる力を与えられたことを明らかにする。

作品の紹介は、「生あるものら」「高レベル廃棄物」「シルクロード」の三例にとどめるが、著者の最大の特色は、風土との深い結びつきであろう。土着の十和田の風土を愛し、習俗を引き継ぎ、家族や友人をいつくしむ。風土への敬虔な情愛が溢れてやまないものがあり、古来の常民がもつ長所を守ろうとする情熱が感じられる。

著者は、昭和三年二月生まれで、すでに九一歳を迎えられたが、毎月出詠されている。ぜひとも次の第二歌集を目指していただきたい。本集をお読みくださった方々も、著者の作歌を励ますにふさわしい評言を寄せられて欲しい。

あとがき

本書は私の第一歌集で、この他に合同歌集（七冊）が出版済です。この度は、「まひる野」誌へ出詠したものと、新聞等に掲載された歌なども含めて六二四首を収めている。

教職定年まぢかなころ、大先輩、和田四郎氏とのご縁で「まひる野会」へ入会し、晩学の出発である。

歌集名「駒街道」は、私が幼少時代だったころの原風景に因んだもので、当時の三本木町（現・十和田市）には、既に騎兵隊が駐屯し、馬上に短銃を背負い、長剣をさげて闊歩する姿と馬の嘶きを聞いて育った。現在、馬との縁によって北里大学獣医・畜産学部が置かれ、全国から学生が集まり市を活気づけている。

今、私は満九十一歳になった。妻は七年前に病に仆れ他界。近くに長女夫婦が住み、目下ヘルパーさんから一日一時間、週二日のお世話をいただくという目の離せない超高齢世帯である。

そのような傍ら、月に一度開かれる地元のまひる野青森十和田会や十和田短歌会の歌友に励まされつつ、私の心のよりどころの一つとなって居る。

曾て、私がまひる野全国東京大会に初参加した時、主宰窪田章一郎先生が「歌を持つ人はしあわせな事です。そしてこの大会に参加された皆さんや遠方から来られた人は本物です。これからも共に励んで参りましょう。」と、ご挨拶された。

窪田空穂の言葉を借りれば、「歌はわが魂の向上の願いを杖とし、宇宙の美しさ、怪しさに導かれながら一歩一歩進んで行ったその記念碑です。」（魂の向上・空穂のことばより）と喝破しております。

このように、歌の道は味わい深く、厳しくも亦楽しさがあり、私にとっては未だ道半ばにして誠に忸怩たる思いである。

この度、「まひる野」の代表である篠弘先生には、ご多用の中を快く全般に亘ってお世話をいただき、跋文まで忝なうし、お陰様で出版できることは望外の喜びであり心より感謝を申し上げます。
最後に、出版に当たっては砂子屋書房の田村雅之氏には誠意ある対応をいただき、またスタッフの方々、装幀の倉本修氏には大変お世話になり、厚く御礼申し上げます。

平成三十一年四月十五日

古舘千代志

著者略歴

古舘千代志（ふるだて・ちよし）

昭和3年（１９２８）2月15日　青森県十和田市に生まれる
昭和23年（１９４８）3月　青森師範学校本科卒業（現・弘前大学教育学部）
昭和23年3月より青森県下の公立小・中学校に40年間勤務する。
昭和60年（１９８５）12月　「十和田短歌会」入会
昭和61年（１９８６）5月　結社「まひる野会」入会　窪田章一郎に師事
平成5年（１９９３）4月　遺歌集　和田四郎全歌集　刊・編者
平成9年（１９９７）5月　第四代まひる野青森支部長
平成9年（１９９７）7月　青森県歌人懇話会　常任理事
平成19年（２００７）5月　まひる野青森十和田会　創設・支部長
平成19年（２００７）7月　青森県歌人懇話会　監事
平成25年（２０１３）3月　青森県歌人懇話会　新人賞選考委員
平成26年（２０１４）7月　青森県歌人懇話会　創立60周年記念個人表彰
平成28年（２０１６）3月　高齢者叙勲　瑞寶雙光章受章
平成29年（２０１７）11月　十和田市文化功労賞受賞
現在　日本歌人クラブ会員　まひる野青森十和田会・顧問　十和田短歌会・顧問

まひる野叢書第三六二篇

駒街道　古舘千代志歌集

二〇一九年八月五日初版発行

著　者　古舘千代志
青森県十和田市西十四番町三三—二（〒〇三四—〇〇八八）

発行者　田村雅之

発行所　砂子屋書房
東京都千代田区内神田三—四—七（〒一〇一—〇〇四七）
電話　〇三—三二五六—四七〇八　振替　〇〇一三〇—二—九七六三一
URL http://www.sunagoya.com

組　版　はあどわあく

印　刷　長野印刷商工株式会社

製　本　渋谷文泉閣